C. F. Schwan

Der glückliche Einfall

Ein Lustspiel in einem Aufzuge

C. F. Schwan

Der glückliche Einfall
Ein Lustspiel in einem Aufzuge

ISBN/EAN: 9783743395947

Hergestellt in Europa, USA, Kanada, Australien, Japan

Cover: Foto ©Andreas Hilbeck / pixelio.de

Weitere Bücher finden Sie auf **www.hansebooks.com**

Der glückliche Einfall

ein Lustspiel

in einem Aufzuge.

Mannheim
bei C. F. Schwan, kuhrfürstl. Hofbuchhändl.
1777.

Personen.

Herr Waldenau.

Philip, dessen Bedienter.

Julie, Liebhaberin des Herrn Waldenau.

Dorchen, Kammerjungfer der Julie.

Wilhelmine, Juliens Freundin.

Lisette, Wilhelminens Kammerjungfer.

Herr Ferdinand, Wilhelminens Liebhaber.

Herr Liebhard, Wilhelminens Bruder.

Ein Gastwirt.

Ein Gerichtsdiener und einige Lakayen.

Der Schauplatz ist in der Wohnung des Hn. Waldenau.

Der glückliche Einfall.

Erster Auftritt.
Waldenau, Philip.

Waldenau (indem er von Philip begleitet herein tritt, wirft er sich in einen Stuhl.) Endlich kan man denn doch einmal ausruhen! Ich bin, so wahr ich lebe, so müde, daß ich fast auf keinen Fuß mehr stehen kan.

Philip. Das glaub' ich, bei meiner Seel! wenn man so herum läuft, als wir herum gelaufen sind. Aber sagen sie mir nur um des Himmels willen, was haben sie vor. Von einem Ende der Stadt zum andern; aus einer Straße in die andere; bald da in eine Kirche, dann dort wieder in einen Kaufmannsladen, dann zu dem Mahler — und sich da hinstellen, und das Ding alle besehen und beplaudern — Hab' ich sie doch in meinen Leben nicht alles so loben und alles so genau betrachten sehen, als heut. — Und da steht denn unser einer wie ein armer Oelgötze, und mögte vor langer Weile umkommen. War's doch nicht anders, als ob der lebendige Satan hinter uns wäre, der uns von einem Ort zum andern herum peitschte; wenigstens war mir's nicht viel besser, und ich kan noch auf diese Stunde nicht begreifen, was sie vor Vergnügen daran finden können.

Waldenau. Narr, wer wird denn immer den geraden Weg nach Hause gehen. Man muß zuweilen einen Umweg machen, das dient zur Veränderung.

Philip. Das mag nun wohl für die Herren eine Veränderung seyn; aber für die Bedienten ist's bei meiner Seel keine. Wir werden so genug herum gesprengt, und wer's nicht besser wüste, der sollte manchmal glauben, die Herren liessen ihren Bedienten mit jeden Paar Schuhen auch ein Paar neue Füsse machen. Sie sind doch aber sonst kein so großer Freund von marschiren; warum denn heute so viel Umwege?

Waldenau. Das weißt du nicht?

Philip. Woher soll ich's denn wissen. Da müste einer ein Hexenmeister seyn, wenn er ihre Launen und Einfälle alle errathen wollte.

Waldenau. Hast du denn nichts gesehen? Ist dir niemand begegnet?

Philip. Mir sind Leute genug begegnet; was gehen mich aber die Leute an; und überdem hatte ich ja nicht einmal so viel Zeit, einem unter die Nase zu sehen. Ich muste ja nur immer acht geben, daß ich sie nicht aus den Augen verlohr. Wer war's denn?

Wal-

Waldenau. Meine Gläubiger waren's. Es ist mir vorgekommen, als ob die Leute alle auf einen Tag und um eine Stunde ausgegangen wären, um mich in der Stadt aufzusuchen. Als ich eben den geraden Weg nach Hause gehen wollte, sahe ich von weitem unsern Schneider daher traben. — Wie der Blitz in eine andere Gasse hinein! Kaum war ich dem aus dem Gesicht, so führt der Henker den Uhrmacher in die Queer, dem ich vor zwei Jahren die goldene Uhr abgehandelt, die ich der sogenannten Gräfin schenkte. — Es hätt's auch eine schlechtere thun können, wenn ich damals gewußt hätte, was ich jetzt weiß. Dem muste ich wieder ausweichen, und da war kein ander Haus in der Nähe, wo ich mich mit Ehren retten konte, als die Kirche. Als ich da wieder heraus gieng, hätte mich bei einem Haar der Gastwirth, der mich vor drei Jahren bewirthet, erwischt, und so kam einer nach dem andern zum Vorschein, so daß ich zuletzt fast nicht mehr wußte, wohin ich fliehen sollte.

Philip. So, so! war das die Ursache? da werden wir wohl hier auch nicht lange mehr sicher seyn. Wie wär's, wenn wir nach Amerika giengen? Da sollen sich die Kerls die Füsse ablaufen, bis sie uns einholen.

Wal-

Waldenau. Hör Philip, es ist doch eine verfluchte Sache, wenn man so aller Welt schuldig ist. Ich bin sonst eben so blöde nicht, das weißt du; denn ich bin der Meinung, daß einer dem andern mit seinem Vermögen beistehen muß. Das ist Pflicht, und ich dank's einem weiter nicht. Freilich möchte mancher sagen: daß sey die rechte Methode nicht, wenn man borgt und nicht bezahlt. Wenn ich aber dem Kerl, der uns nun beide schon seit zwei Jahren gefüttert hat, vorher gesagt hätte, daß ich ihm die Ehre erzeigen, und umsonst bei ihm essen wollte, meynst du denn wohl, daß der Bursche uns einen Mund voll zu fressen gegeben hätte. Oder wenn ich dem Kaufmann sagte: Herr lasse er mir ein Kleid machen, ich wills ihm zur Ehre tragen. Was meynst du wohl, das er mir antworten würde?

Philip. Das ist nun freilich wohl wahr; Ich würde wohl auch den Rock da nicht anhaben, wenn der ehrliche Mann, der ihn uns geborgt hat, gewußt hätte, daß er so lange auf die Zahlung warten müßte. Aber nehmen sie mir's nicht übel, Herr Waldenau; es ist denn doch nicht hübsch, wenn man ehrliche Leute so um das Ihrige bringt. Sehen sie, ich meyne immer, man sollte in der Welt nicht mehr verthun, als man einzunehmen hat.

hat, oder verdienen kan, denn beides ist einerlei: Und ich habe letzt einmal, als ich bei Tische aufwarten mußte, von einem gescheuten Mann sagen hören, daß ein Staat oder eine Stadt niemals in Flor kommen könte, wenn's einem jeden so erlaubt wäre, ohngestraft Schulden zu machen, da er doch vorher weiß, daß er sie nicht wird bezahlen können.

Waldenau. Narr, mit deiner abgeschmackten Moral! Wie soll man's denn machen? Man muß doch seinem Stande gemäß leben.

Philip. Ja, mit dem Stande, das ist eben die Sache. Wenn jeder in dem Stande bliebe, wohin er gehört. Aber will denn einer nicht immer höher fliegen, als ihm die Flügel gewachsen sind. Und dann gehört auch vieles nicht zum Stande, was dazu gerechnet wird. Was brauche ich z. E. zwei Pfund Gold auf meinem Rock zu tragen, wenn ich nicht ein Loth davon bezahlen kan? Wer's bezahlen kan, mag's thun; wer's aber nicht bezahlen kan, solls bleiben lassen. Sehen sie, Herr Waldenau, mich gehts im Grunde nichts an; aber es ist mir doch immer verdrießlich, wenn ich denke, daß mich einer darum ansieht, daß ich da einen Rock anhabe, der nicht bezahlt ist.

Waldenau. Kerl, ich glaube, du willst mir Vorwürfe machen —

Philip. Das eben nicht, Herr Waldenau, aber sie haben doch heute selbst erfahren, daß ich recht habe — Ha! ha! ha! — Wie haben uns die Kerl laufen machen! — Wir müssen eben denken, daß sie auch schon manchen Gang zu uns gethan. Es ist gut, daß ich sie nicht gesehen habe.

Waldenau. Warum?

Philip. Weil ich sie ohnehin oft genug sehe, und die Gesichter nicht ausstehen kan.

Waldenau. Ihre Gesichter die giengen noch hin; daraus mache ich mir so viel nicht. Aber die Geduld, die man haben muß, um die Leute alle auf eine gute Manier abzuweisen, und zu vertrösten, das ist ganz was verteufeltes. Was man da alles für Ausreden und für Dinge erdichten muß, um sie nur los zu werden, und wenn man das so oft thun muß, so weiß man zulezt nicht mehr, was man sagen soll. Wenn ich nur immer könte, ich wollte lieber jeden auf hundert Schritte ausweichen.

Philip. Freilich ist das nicht so unangenehm, als der Leute ihre Vorwürfe anzuhören. — Kommen sie morgen wieder, da sollen sie ihr Geld haben — Ei was, ich bin schon

ein Lustspiel.

schon zehenmal auf morgen bestellt worden, und wenn ich komme, ist niemand zu Hause — Ich will ihnen das Geld gleich schicken; ich habe die Rechnung verlegt — innerhalb acht Tagen bekomme ich so und so viel ausbezahlt, und sie sollen der erste seyn — Ich habe mich einrichten müssen, das hat mir viel Geld gekostet; — ich werde aber gewiß dafür sorgen — und was dergleichen schöne Entschuldigungen mehr sind. — Damit lassen sich nun freilich die Gläubiger nur einmal abweisen. Aber hören sie, Herr Waldenau, da ihnen doch das Mahnen so zuwider ist, so wundert mich's, daß sie das Geld lieber verspielen, als ihre Schuldner bezahlen. Zehen Louis d'Or auf eine Karte zu setzen, wenn man so viel schuldig ist, das finde ich denn doch, mit ihrer Erlaubnis, ein wenig stark.

Waldenau. Du hast freilich recht, — das verdammte Spiel!

Philip. Aber ich meine, ihr Herr Vater würde bald kommen. Der wird doch Geld mitbringen.

Waldenau. Ich erwarte ihn höchstens in acht Tagen.

Philip. Ja was fangen wir unterdessen an? Wir haben, so viel ich weiß, keinen Kreuzer Geld.

Waldenau. Der Teufel soll das Geld holen! Ich wolte, daß gar keins in der Welt wäre. — Und heute Abend bekommen wir das zu Gäste.

Philip. Wir? Gäste?

Waldenau. Ja, ja; wir.

Philip. Nun das ist noch schöner. Wenn die sich nicht vorher zu Hause satt essen, so wird ihr Magen nicht viel zu verdauen bekommen. — Wer sind denn aber die Gäste, wenn ich fragen darf?

Waldenau. Julie.

Philip. Ah! sie scherzen.

Waldenau. Nichts scherzen; es ist mein ganzer Ernst.

Philip. Ah! ah!

Waldenau. Kerl, ich glaube du bist ein Narr. Ich sage dir, daß Julie heute Abend in meinem neuen Quartier bei mir zu Nacht essen will.

Philip. Nun ja doch! Und die werden ohne Zweifel recht herrlich bewirthet werden sollen.

Waldenau. Das versteht sich.

Philip. Sie hätten auch lieber Juliens Bruder mit dazu bitten sollen.

Waldenau. Ich konte ihn nicht sprechen, er war ausgegangen.

Philip. Desto besser für ihn, sonst hätte er vielleicht heute Abend fasten müssen.

Waldenau. Warum das?

Philip. Warum? Ei zum Teufel, wir haben ja keinen Bissen Brod im Hause, und auf Credit bekommen wir auch nichts mehr.

Waldenau. (lachend) Ba!

Philip. Sie glauben, das sey Spaß! der Gastwirth, der Becker, der Metzger, der Weinwirth, der Zuckerbecker, der Krämer bis auf den Lichterzieher, kein Mensch borgt uns mehr eines Kreuzers werth. Sie sollten nur einmal hören, was ich für schöne Complimente von den Leuten bekomme. Das sie mir nicht die Augen auskratzen, wenn sie mich sehen, das ist alles. Sie sagen, sie hätten's mir auf mein ehrlich Gesicht geborgt, und ich hätte es ihnen abgeschwatzt, — welches denn nun auch freilich wohl wahr seyn mag. — Aber das geht doch nicht immer so fort. Die Leute wollen einmal bezahlt seyn. Sie wissen und glaubens nicht, was ein Bedienter bisweilen seiner Herrschaft wegen leiden, und sich vor Dinge sagen lassen muß. Wenn mir das einer in meinen eigenen Geschäften ſchaften ſagte, ich wollte ihm was anders weiſen.

Waldenau. Du darfſt ihnen ja nur ſagen, daß ſie in acht oder vierzehn Tagen gewiß ihr Geld bekommen ſollen.

Philip. Das haben ſie ſchon gar oft gehört. Ich getraue mich faſt nicht mehr in unſer Koſthaus zu gehen. Bald packt mich der Wirth an, bald ſeine Frau; dann die Tochter; dann der Keller; alle wollen ſie von mir Geld haben, gerade als ob ich alles gegeſſen und getrunken hätte. (er ſieht nach dem Fenſter zu) Da ſehe ich jemand kommen, ich glaube es iſt Herr Erdmund. Vielleicht borgt ihnen der einige Louis d'Or.

Waldenau (munter.) Das iſt auch wahr; wart, jezt wollen wir gleich Geld haben.

Zweiter Auftritt.
Erdmund, Waldenau, Philip.

Waldenau (zu Erdmund, indem er herein tritt) Willkommen, Herr Bruder, willkommen. Wo geweſen?

Erdmund. Ich habe dich ſchon vor einer Stunde hier geſucht.

Waldenau. Du haſt mich geſucht? Iſt etwas zu deinen Dienſten? du weißt, daß ich mir ein Vergnügen daraus mache —

Erdmund.

Erdmund. Nichts, gar nichts, ich danke dir für deine Höflichkeit.

Waldenau. Im Ernst, wenn ich dir worinn dienen kan —

Erdmund. Ich danke dir, Herr Bruder; ich danke!

Waldenau. Ich bin nicht gewohnt, leere Complimente zu machen —

Erdmund. Das ist mir bekannt.

Waldenau. Nun so sage mir denn ohne Umstände, warum du mich gesucht hast?

Erdmund. Ich habe dir nur sagen wollen, daß ich mich heute Abend recht lustig bei dir machen will.

Philip. (bei Seite) So sehr lustig wird's nun eben nicht hergehen.

Waldenau. Ich bedaure, Herr Bruder, daß ich heute die Ehre nicht haben kan; ich erwarte Gesellschaft.

Erdmund. Ich weiß es. Julie hat mir's gesagt, daß sie heute Abend bei dir speisen werde, und hat mich gebeten, auch zu kommen. Ich habe dir's nur vorher sagen wollen, damit du dich darauf richtest. Wilhelmine kommt auch, was sagst du dazu?

Philip. (bei Seite) Das fehlt uns noch.

Wal-

Waldenau. Es wird mir recht angenehm seyn.

Erdmund. Es ist mir lieb, daß ich eine Gelegenheit finde, mich zu zerstreuen: denn ich bin so verdrießlich, daß ich mir nicht zu helfen weiß.

Waldenau. Und die Ursache?

Erdmund. Ich bin heute unglücklich im Spiel gewesen, und habe schrecklich verlohren.

Philip. (bei Seite) Desto schlimmer für uns; da wird also auch nichts gereicht.

Waldenau. Es thut mir leid. Du hast also viel verlohren.

Erdmund. Alles, bis auf den lezten Heller.

Philip. (zu Waldenau) Bieten sie ihm doch ihre Börse an.

Erdmund. Ich danke, ich will schon sehen, wie ichs mache.

Philip. (zu Erdmund) Der Herr Waldenau ist nicht gewohnt, leere Complimente zu machen. Sie dürfen nur befehlen, Herr Erdmund.

Erdmund. Schon recht, ich weiß es. Lebe wohl, Waldenau, bis aufs Wiedersehen; wir werden ein wenig früh kommen.

(Geht ab.)

Wal-

Waldenau. Desto besser, ich erwarte euch.

Philip. Sie werden immer noch zu früh kommen, und wenn sie erst um Mitternacht kämen.

Dritter Auftritt.

Waldenau, Philip. (der ganz stei' und ohne Bewegung da steht.)

Waldenau. Nun, wie stehst du da, Philip? Mach' Anstalt.

Philip. Ich? mein Herr!

Waldenau. Ja, wer denn?

Philip. Da ist viel Anstalt zu machen. Wenn sie keinen Rath wissen, Herr Waldenau; mein Latein ist zu Ende.

Waldenau. Ich kan mich doch um der Kleinigkeit willen mit Julien nicht entzweien. Du weißt, wie sie ist; sie würd' es mir in Ewigkeit nicht verzeihen.

Philip. Es thut mir leid, Herr Waldenau; aber ich bin nicht Schuld daran.

Waldenau. Dummer Kerl, davon ist die Rede nicht; ich muß aber doch heute Abend etwas zu essen haben.

Philip. Es scheint wohl so, wo's aber herkommen soll, das kan ein so dummer Kerl, als ich bin, nicht wissen. Befehlen sie nur, wo ichs bestellen soll.

Waldenau. Hör Philip, ich bitte dich um alles in der Welt, hilf mir nur noch heute aus der Verlegenheit. Geh; sieh, wie du es machst.

Philip. Da ist nichts zu machen, Herr Waldenau; ich mag hinkommen, wo ich will, so bekomme ich nichts. Ich wollte, daß sie einmal mitgiengen, und hörten es selbst, was die Leute mir für schöne Sachen sagen. Es ist alles vergebens; ohne Geld bekomme ich für keinen Kreuzer Brod.

Waldenau. Was Teufel soll ich denn nur mit den Leuten anfangen? Die kommen denn doch nun einmal her, und wollen essen. Wenn ich sie nur auf eine gute Art los werden könte.

Philip. Stellen sie sich krank, und legen sie sich ins Bett.

Waldenau. Einfältig Geschwäz; würden sie deshalb wegbleiben? Dann kämen sie her, zu sehen, was mir fehlt; brächten wohl gar den Doctor mit, und wenn's denn heraus käme, daß ich nicht krank bin, so bliebe der auch da, und so hätten wir noch einen Gast mehr.

Philip. Nun wissen sie was? Ich will gleich selbst lauffen, und einen Doktor holen; der macht sie gewis in einer halben Stunde krank. Wenigstens können sie doch zur Ader lassen, das schadet ihnen ja nichts, und das giebt ihnen doch das Ansehen, als ob sie krank wären.

Waldenau. Du weißt aber, daß ich mich vor dem Aderlassen fürchte.

Philip. Desto besser; da werden sie ohnmächtig; dann gehe ich zu den ungebetenen Gästen, und sage, sie lägen in den letzten Zügen. Da wird kein Mensch mehr ans Abendbrod denken.

Waldenau. Das geht nicht an.

Philip. Nun so sagen sie, sie hätten sich duellirt; es hätte sie ein Unbekannter auf einem Spazierwege angegriffen, und sie wären tödlich verwundet. Das übrige will ich hernach schon besorgen.

Waldenau. Da würde Julie für Schrekken des Todes seyn. Das ist alles nichts, Philip; du mußt etwas anders erdenken.

Philip. Ja hören sie, mein lieber Herr Waldenau; wenn man kein Geld hat, muß man nicht so gewissenhaft seyn. Was hilft's, wenn ich ihnen hundert Rathschläge gebe, und sie gegen einen jeden wieder etwas einzuwenden haben.

Waldenau. Nun weißt du was, Philip, wir verplaudern hier unnütz die Zeit, mach's wie du kanst; aber schone nur meiner Ehre. Du weißt, wie empfindlich ich in diesem Punkte bin. (Geht ab)

Vierter Auftritt.

Philip. (spöttisch) Aber schone nur meiner Ehre. — Was doch die Leute für einen verdammten Begrif von der Ehre haben! Ich bin nur ein armer Teufel; aber ich möchte doch bei meiner Seel! nicht in ein Wirthshaus gehen, einen Schoppen Wein zu trinken, wo man mich darum ansehen könte, daß ich etwas schuldig sey. Das nenn' ich mir Ehre! Aber diese Art Menschen da, die dürfen keiner Seele unter die Augen sehen; wo ihnen einer begegnet, dem sind sie Hosen und Wams schuldig, und da müssen sie sich verkriechen, und einem jeden Schuft aus dem Wege gehen, damit er sie nur nicht mahnt. Und dann, wenn sie so unter sich, und ihres Gleichen sind, da sprechen sie von lauter Ehre. — Nun meinetwegen, es ist einmal nicht anders in der Welt, und ich werd's auch wohl nicht anders machen —

ein Lustspiel.

Jetzt muß man denn doch sehen, wie man die Leute heute Abend auf eine gute Art los wird. (er sinnt ein wenig nach) Ha! wir wollen's versuchen.

Fünfter Auftritt.
(Ein Vorzimmer in Juliens Wohnung.)
Dorchen, Philip.

Dorchen. (die an einem Nährahmen sitzt. Sie betrachtet ihre Arbeit mit Zufriedenheit) Das wird doch schön! — Recht schön! Noch eine halbe Stunde, so bin ich fertig — (sie arbeitet fort) Mein Fräulein geht heute zu Gast — da werde ich wohl auch einen Spaziergang machen. — — Der Herr Waldenau tractirt frisch drauf los, und die Leute sagen, er wäre Christen und Juden schuldig. — — Er wird sich eben auf seinen Vater verlassen, und denken, es wäre einerlei, ob er sein künftiges Erbtheil vor, oder nach seines Vaters Tode verzehre. (Es klopft. Dorchen, indem sie an die Thür geht, um zu sehen, wer da ist) Nun, wer ist denn da schon wieder? daß man doch nicht einen Augenblick Ruhe hat! (Sie öfnet die Thür, und Philip tritt herein) Ist er's, Philip? was bringt er uns?

Philip.

Philip. Ich möchte gern ihr Fräulein sprechen. Will sie mich wohl geschwind melden?

Dorchen. Hat es so Eil? — Kan ich's nicht ausrichten?

Philip. O ja! Ich habe mich erkundigen sollen, um welche Zeit es dem gnädigen Fräulein beliebt, zu Nacht zu speisen, damit wir uns darnach richten können, denn mein Herr läßt große Anstalten machen.

Dorchen. So? da wirds wohl recht herrlich hergehen?

Philip. Das kan sie wohl denken. Ich habe so eben noch eine Schneppenpastete bestellt, weil mein Herr sich erinnert, daß ihr Fräulein sie gerne ißt. Ich weiß nur nicht, was wir mit allen dem Essen anfangen wollen, das übrig bleiben wird. Aber bei uns geht's nun nicht anders her. Wenn wir tractiren, so muß alles im Ueberfluß seyn.

Dorchen. Das wird meinem Fräulein leid thun; wenn sie gewußt hätte, daß sich Herr Waldenau so viel Unkosten machen würde, so hätte sie sich nicht selbst zu Gaste gebeten.

Philip. Nennt sie das Unkosten, was man einem Frauenzimmer zu Ehren thut? O wenn ich einmal das Glück haben könte, die

die Jungfer Dorchen in die Gärten zum Tanz zu führen, da soll's mir's auch auf etwas rechts nicht ankommen.

Dorchen. So? ich danke ihm einstweilen, Herr Philip, für den guten Willen. Aber ein Stückchen von der Schneppenpastete — versteht sich, wenn etwas übrig bleibt, könte er mir wohl herbringen. Es ist närrisch, ich habe so fast in allen Sachen meiner Fräulein ihren Geschmack.

Philip. Daran soll's nicht fehlen, mein herzensallerliebstes Dorchen; und weiß sie was? Noch so ein kleines Bouteillchen Malaga dazu. Nicht wahr?

Dorchen. Ich will seinen Herrn in keine Unkosten bringen.

Philip. Kleinigkeit; so viel fällt in einer Haushaltung, wie die unsrige ist, immer ab. Und meynt sie denn nicht, daß mein Herr sie so lieb hat, daß er ihr selbst ein halb Dutzend Bouteillen schickte, wenn ich nur ein Wort davon merken liesse.

Dorchen. Das thu' er ja nicht.

Philip. Gleich will ich's ihm sagen, wenn ich nach Hause komme. Eine eigene Schneppenpastete soll sie haben, für sich ganz allein. Laß sie mich nur machen. Ob der Pastetenbecker

becker eine oder zwei macht, das ist einerlei; und meinem Herrn wird es eine Freude seyn, wenn er hört, daß es der Jungfer Dorchen gut geschmeckt hat.

Dorchen. Ich bitt' ihn um alles in der Welt, mach' er mir keine solche Händel. Er wird doch Spaß verstehen.

Philip. Nun was ist's denn mehr? Es wäre doch wohl keine Sünde, wenn sie von meinem Herrn eine Pastete, und ein halb Dutzend Bouteillen Wein annähme. Versteht sich Frauenzimmerwein. Sieht sie, wir haben vorgestern ein groß Diner gehabt. Da blieb ihr so viel Essen übrig, daß sich noch zwanzig Personen — Was sag ich zwanzig — dreißig Personen hätten sich noch können satt essen. Da sagte mein Herr: Hör Philip, was mach' ich mit dem Essen; Morgen geh ich zu Gast; übermorgen auch — tractire du deine Cameraden damit, da haben wir sämtliche Bedienten uns an den Tisch gesezt, und alles rein aufgezehrt, daß auch nicht ein Gedanke davon übrig blieb; und als wir fertig waren, sahen wir uns noch nach mehr um, so gut hat's uns geschmeckt.

Dorchen. Hat denn sein Herr, noch mehr Bedienten? Ich meynte, er wäre allein.

Philip.

Philip. Ja sieht sie, ich bin nur allein bei ihm; aber es waren noch von den andern Herrschaften drei oder vier Bedienten da, die mit aufwarteten.

Dorchen. So, so! Ihr müßt doch guten Appetit gehabt haben, wenn ihr für dreißig Personen gegessen habt — Ich höre mein Fräulein kommen; Er kan sein Gewerbe selbst ausrichten.

Sechster Auftritt.
Julie, Dorchen, Philip.

Julie. (im Hereingehen) Was machst du Dorchen?

Dorchen. Ich plaudere da mit dem Philip.

Julie. Was will er?

Dorchen. Er fragt, um welche Stunde es ihnen gefällig sey, zu Nacht zu speisen.

Julie. (zu Philip) Hat man ihn deshalb hergeschickt?

Philip. Zu dienen, gnädiges Fräulein.

Julie. Sage er nur seinem Herrn, ich würde nicht die Lezte seyn. Ich hoffe aber, er werde sich keine Ungelegenheit machen.

Philip.

Philip. Ganz und gar nicht, gnädiges Fräulein. Mein Herr ist heute so vergnügt, ich habe ihn noch in meinem Leben nicht so gesehen. Sie haben ihm doch schon öfters die Ehre ihres Besuchs geschenkt; aber so hat er sich noch nie darauf gefreuet als heut. (furchtsam) Wenn's nur so keine böse Leute in der Welt gäbe, die immer Unkraut unter den Weizen säen.

Julie. Was will er damit sagen (zu Dorchen) Setz du dich an deine Arbeit, Dorchen. —

Philip. (furchtsam) O! nichts — ich meyne nur so —

Julie. Das heißt ja nichts gesagt. — Ich meyne nur so — Er sprach ja da was von bösen Leuten.

Philip. Sehen sie, gnädiges Fräulein, mein Herr ist sehr empfindlich, zumal wenn's Personen betrift, die er so lieb hat, als sie. Wenn er denn hören muß, daß gewisse Leute so allerhand Reden führen, die ehrenrührig sind, so möchte er vor Zorn aus der Haut fahren.

Julie. Ich verstehe ihn noch nicht, er muß sich deutlicher erklären.

Philip. Ich habe schon mehr gesagt als ich sagen sollte, und wenn es mein Herr erführe —

Julie.

ein Lustspiel.

Julie. Sorge er nicht; sein Herr soll nichts erfahren, sage er mir nur, was er auf dem Herzen hat.

Philip. Nun, wenn sie's denn so wollen, so will ich's ihnen sagen. Sie müssen sich aber nicht ärgern (nimmt einen vertraulichen Ton an) Sehen sie, wir haben so einige Nachbarn, die sich am meisten um das bekümmern, was ihnen am wenigsten angeht. Das sind Leute, die den ganzen Tag am Fenster lauren, um zu sehen, was in der Nachbarschaft vorgeht; und da muß denn alles über die Zunge springen.

Julie. Wenn's sonst nichts ist; was geht das mich an; ich bekümmere mich um niemand.

Philip. Ja, wenn die Leute alle so dächten, wie sie — O ich mag's ihnen gar nicht sagen.

Julie. (ungeduldig) Nun, was ist's denn?

Philip. Verläumdung ist's, weiter nichts. Wer wird denn da gleich Böses denken, wenn ein Frauenzimmer einen ledigen Herrn, und noch dazu in Gesellschaft anderer Leute, besucht.

Julie. Etwas Böses denken? Ich will doch nicht hoffen, daß —

Philip. Sie haben freilich nicht Ursache, sich darum zu bekümmern, aber indessen — —

Julie. Ich verstehe ihn, Philip. — nichts weiter. Empfehle er mich nur seinem Herrn, und sag' er ihm, ich ließe mich entschuldigen; ich könte heut Abend nicht die Ehre haben — —

Philip. Um des Himmels willen, gnädiges Fräulein, das Compliment darf ich nicht ausrichten.

Julie. Richt' er es nur aus, wie ich's ihm gesagt habe.

Philip. Aber bedenken sie, mein Herr hat sich so viel Unkosten gemacht, und das alles ihrentwegen. Es wäre ja unverantwortlich —

Julie. Die Verantwortung wird so groß nicht seyn. Wenn sein Herr weiß, daß man in der Stadt von dergleichen Besuchen Böses argwöhnet, so hätte er zuerst meiner Ehre schonen, und es mir selbst sagen sollen.

Philip. Mein Herr weiß kein Wort davon, ich versichere es ihnen. Aber mir ists nur bange, es möchte einer von den ungezogenen Leuten ihnen einmal, wenn sie vorbei gehen, etwas Unangenehmes sagen, oder einen Schandfleck anhängen. Das ist Pöbel, von dem

ein Lustspiel.

dem man keine Genugthuung fordern kan; wenn man einmal beschimpft ist.

Julie. Schon gut, geh' er nur hin, und sag er seinem Herrn, ich käme nicht.

Philip. Hätt ich doch nur mein verdammtes Maul gehalten! Sehen sie, gnädiges Fräulein; das Abendessen ist denn doch nun einmal bestellt, und wenn sie nicht kommen, so möchte die übrige Gesellschaft auch nicht kommen wollen, und dann säße mein Herr da, und würde, wer weiß was, vor Ungedult thun.

Julie. Nun so sag er ihm, er möchte das Essen hieher schicken, ich wills der übrigen Gesellschaft wissen lassen. Wir wollen hier bei mir zu Nacht essen.

Philip. (verlegen) Ja — das gienge wohl an, gnädiges Fräulein — — aber das wird viel Umstände machen, und überdem würde doch mein Herr die Ursache wissen wollen, und die möchte ich ihm um alles in der Welt nicht sagen, ich dächte —

Julie. Nun so sag er ihm, ich hätte Kopfweh, und könte heut nicht ausgehen; er soll sich mit seinen Gästen lustig machen.

Philip. (lustig) Ja, ja, das geht an, ich will sagen, das gnädige Fräulein ist sterbensbenskrank, sie hat den Kopf verbunden, sie hat Zahnweh, und — und — der Doktor hat ihr verboten, etwas zu Nacht zu essen. Ja ja, so will ich's machen. (geht ab)

Siebenter Auftritt.

Julie, Dorchen, ein Bedienter.

Julie. Hör Dorchen, dahinter steckt etwas.

Dorchen. (steht auf) Meinen Kopf will ich verwetten, daß es lauter Lügen sind. Denn der Philip ist ein Erzlügner.

Julie. Ich glaube fast, sein Herr steckt mit unter der Decke.

Dorchen. Glauben sie das?

Julie. Mir kommts einmal so vor.

Dorchen. (nach einigem Nachsinnen) Ja, das kan wohl seyn; aber ich wüßte doch nicht.

Julie. Ganz gewis? Gieb acht, ob nicht Wilhelmine heut Abend da seyn wird, und da wär ich ihm im Wege; er hat's mit dem Kerl verabredet, daß er mir etwas vorlügen soll, damit ich ihm sein Spiel nicht verderbe.

Dorchen. Aber wie könte dieses seyn? er liebt sie ja viel zu sehr.

Julie.

Julie. Wer weiß, ob's wahr ist. Trau einer den Mannsleuten!

Dorchen. Das wäre ja ein garstiger Streich, den er ihnen da spielen wollte.

Julie. Es mag nun seyn wie es will; ich bin nun einmal mistrauisch, und ich will mich selbst davon überzeugen, ob mein Argwohn gegründet ist, oder nicht. Ich gehe hin, und will mit dabei seyn. Das wird eine Freude seyn, wenn ich ihn so überfalle, und ihm seinen Plan verderbe.

Ein Bedienter. (zu Julien) Wilhelminens Kammerjungfer ist draussen, und verlangt das gnädige Fräulein zu sprechen.

Julie. Laß sie herein kommen (der Bediente geht ab) (zu Dorchen) Wenn ich gehört habe, was sie will, werde ich dich allein lassen. Frage sie ein wenig aus.

Dorchen. Das will ich thun.

Achter Auftritt.
Julie, Dorchen, Lisette.

Julie. Was bringt sie mir, Jungfer Lisette?

Lisette. Mein Fräulein läßt sich gehorsamst empfehlen, und läßt ihnen zu wissen thun,

thun, daß sie heut Abend bei Herr Waldenau speisen werde; sie hoft die Ehre zu haben, Ew. Gnaden auch da zu sehen.

Julie. Es wird viel Ehre für mich seyn. Vermuthlich wird Herr Erdmund sie dazu eingeladen haben.

Lisette. Ich glaube es, gnädiges Fräulein; er war wenigstens heut Nachmittag bei uns.

Julie. Empfehle sie mich nur wieder, und ich würde von der Gesellschaft seyn. (geht bis an die Thür, und ruft von da zurück) Sage sie doch, es wäre mir lieb, wenn wir ein wenig früh zusammen kämen. (geht ab, und Lisette verneigt sich.)

Neunter Auftritt.

Dorchen, Lisette.

Dorchen. Nun Lisette, was fangen wir denn heut Abend an?

Lisette. Ja, was werden wir viel anfangen?

Dorchen. Du wirst doch nicht zu Hause bei deiner mürrischen Haushälterin sitzen wollen.

Lisette.

ein Lustspiel.

Lisette. Was soll ich sonst machen?

Dorchen. Komm du zu mir, wir wollen uns auch einen lustigen Abend machen. Philip hat mir eine Schneppenpastete, und eine Bouteille Mallaga versprochen, dabei wollen wir uns wohl seyn lassen.

Lisette. Und das so ganz allein unter uns? Dazu hätt' ich nun gar keine Lust.

Dorchen. Weißt du was, wir wollen uns auch Gesellschaft bitten, und dann auf Herrn Waldenau Rechnung herrlich schmausen. Bring du deinen Liebhaber mit, und ich — sieh, ich will dir zu Gefallen mir heut zum erstenmal auch einen anschaffen. Wen nehm ich denn nur gleich? Da des Regierungsrath seinen Schreiber? der wäre schon gut, wenn er mir kein so eingebildeter Narr wäre. Denk einmal, letzt muthete er mir im ganzen Ernst zu, ich sollte ihn Herr Secretair nennen. Nun was thuts, wir wollen unsern Spaß mit ihm haben.

Lisette. Meinetwegen, ich bin's zufrieden. Unsere Herrschaften werden heut sobald nicht nach Hause kommen. Herr Waldenau tractirt heut hoch.

Dorchen. So? das geschieht gewiß deinem Fräulein zu Ehren.

Lisette. Galant genug ist der Herr Waldenau dazu.

Dorchen. Fräulein Wilhelmine hat, glaub ich, schon oft bei Herrn Waldenau gespeiset; das bedeutet etwas. Hast du noch nichts gemerkt? Sieht sie ihn gerne?

Lisette. Wer kan das wissen, wen die ausser sich selbst noch gern sieht.

Dorchen. Man sagt doch aber, daß sie in den Herrn Erdmund verliebt ist.

Lisette. Das glaub ich einmal nicht.

Dorchen. Und warum nicht?

Lisette. Weil sie viel zu hochmüthig ist. Sie träumt von wichtigern Eroberungen, und ihr künftiger Herr Gemahl muß wenigstens ein Cavalier seyn.

Dorchen. Hat sie die Narrheit im Kopf? dann wird freilich Herr Erdmund leer abziehen müssen.

Lisette. Da kommt seit einiger Zeit so ein irrender Ritter in unser Haus, der hat ihr, glaub' ich, den Kopf verrückt. Den ganzen Tag sitzt er bei ihr, und plaudert ihr von ihrer Schönheit vor, und macht sie so stolz, daß sie oft nicht weiß, ob sie noch mit unser einer sprechen soll. Ich hätte dem Geck schon oft die Augen auskratzen mögen.

Dorchen.

ein Lustspiel.

Dorchen. So? hat sie einer von den saubern Herrn im Garn. Ich kan nicht begreifen, wie sich nur ein ordentliches Frauenzimmer von solchen windigen Mädchensjägern am Narrenseil herumführen lassen mag.

Lisette. O, sie ist nicht die einzige, es giebt deren hier in der Stadt genug. Die Herren wissen eben ihrer Eitelkeit zu schmeicheln, und wenn ein Mädchen sich nur einmal mit ihnen abgiebt, so ist es schon halb verlohren. Da wissen sie so viel zu plaudern, sich so wichtig zu machen, ihre wenige Verdienste bei aller Gelegenheit so an den Mann zu bringen, und was mehr als alles würkt, so wahrscheinlich zu lügen, daß man fast mit offenen Augen blind wird. Du solltest nur einmal hören, was er meinem Fräulein für Sachen prophezeihet?

Dorchen. Prophezeihet? Kann er das? Und woraus prophezeihet er denn?

Lisette. Ei, aus den Händen, aus den Füßen, aus dem Gesicht, und Gott weiß, woraus noch mehr.

Dorchen. Hat er dir auch schon prophezeihet?

Lisette. Ja, mir käm' er recht; ich wollte ihm die Nativität stellen, daß er für immer met genug haben sollte; aber es ist Zeit, daß ich gehe. Lebe wohl, Dorchen.

Dorchen. Nun bis auf den Abend.

Lisette. Gut, ich komme. (Gehn ab.)

Zehenter Auftritt.

Zimmer des Herrn Waldenau.

Waldenau und hernach Philip.

Waldenau. (an einem Tisch sitzend) Wo nur der Kerl bleibt! Ich wollte, daß der heutige Abend vorüber wäre! Ungelegener sind mir noch in meinem Leben keine Gäste gekommen. (Philip kommt herein) Nun bist du da Philip? Was hast du ausgerichtet.

Philip. Fräulein Julie kommt nun einmal nicht; der hab' ich's supiren verleidet. Nun will ich zu den übrigen gehen, und ihnen sagen, daß sie sich auf ein andermal die Ehre ausbitten ließen, weil doch die Hauptperson krank geworden sey.

Waldenau. Geh nur geschwind, ehe sie mir über den Hals kommen; sonst möcht ich sie hernach doch nicht mit guter Manier los werden.

Philip. Richtig. Den Augenblick bin ich wieder hier (Geht ab.)

Eilfter

Eilfter Auftritt.
Julie, Waldenau, Philip.

Philip. (kommt ganz ausser Athem in die Thür hinein gestürzt) Jetzt trau mir einer einem Frauenzimmer?

Waldenau. Was ist dir?

Philip. Kein Wort will ich ihnen mehr glauben.

Waldenau. Was giebt's denn?

Julie. (die bei diesen Worten herein tritt) Ich empfehle mich, Herr Waldenau.

Waldenau. (ganz betroffen) Unterthänigster Diener — ich weiß nicht, — ob mich meine Augen trügen — —

Julie. Wie so?

Waldenau. Mein Philip sagte mir —

Philip. Sagen sie selbst, gnädiges Fräulein, ob ich nicht die Wahrheit gesagt, daß sie krank wären. —

Julie. Krank eben nicht; aber doch war mirs nicht wohl; ich bin aber eben deshalb ausgegangen, und ich hoffe, es soll mir in ihrer Gesellschaft ganz wieder wohl werden.

Waldenau. Wenn es ihnen nur nicht schädlich ist, daß sie sich der Luft ausgesetzt haben;

haben; wenigstens fürchte ich, daß die Abend=
luft —

Julie. Die schadet mir nichts; ich gehe
ja alle Abend spatzieren.

Waldenau. So angenehm mir ihre un=
schätzbare Gegenwart ist, so setzen sie mich
doch in einige Verlegenheit. Da ich hörte,
daß sie nicht kommen könten, hab' ich alles ab=
bestellen lassen. (zu Philip) Ists nicht wahr,
Philip?

Philip. Und jetzt werden wir nichts mehr
bekommen; denn was für uns bestimmt war,
hat gleich ein anderer genommen, der heut
Abend auch Gäste bekommt.

Julie. Ich meyne aber, Herr Erdmund
und Wilhelmine würden auch hier seyn.

Waldenau. Ich hab' es ihnen absagen
lassen, so bald ich hörte, daß sie, mein lieb=
stes Fräulein, nicht kommen würden.

Julie. Ha! was braucht's mit mir viel
Umstände. Eine Schüssel, und damit gut.
Sie wissen, ich komme nicht des Essens hal=
ber her; und ausserdem, da ich nicht recht
wohl bin, dürfte ich nicht einmal viel essen.

Waldenau. Das würden sie sich vielleicht
aus besonderer Güte gefallen lassen; aber
wenn Herr Erdmund und Wilhelmine hören,
daß

daß sie hier sind, so kommen sie gewiß auch; und da würde sichs doch nicht schicken, sie mit einer Schüssel abzuspeisen.

Julie. Ei, es sind ja gute Freunde; was bekümmern sie sich darum.

Waldenau. Aber der Wohlstand, gnädiges Fräulein. —

Julie. Nun wenn sie denn so gewissenhaft sind, so lassen sie noch etwas bestellen. Es ist ja noch früh genug.

Waldenau. Verschieben wir's lieber auf einen andern Tag.

Philip. Es wird schwer halten, gnädiges Fräulein, bis ich noch etwas bekomme.

Julie. Es mag seyn wie es will, ich bleibe einmal hier, und esse bei ihnen zu Nacht. Geben sie, was sie haben.

Waldenau. Mit gröstem Vergnügen; aber ich schäme mich nur. —

Julie. Seyn sie unbesorgt, und wenns darauf ankommt, so wird ihr Philip bald Rath schaffen.

Philip. (für sich) Hab' ich in meinem Leben so ein unverschämtes Weibsbild gesehen; die ist wie eine Klette, der Teufel bringt sie nicht fort.

Waldenau. (zu Philip) Nun wenn's das gnädige Fräulein so befiehlt, so geh nur Philip, und mach' Anstalt. —

Philip. Ja, ich will sehen—aber besser wär's.

Julie. Geh' er nur Philip; aber bestell' er nicht zu viel. (indem er gehen will, treten Erdmund und Wilhelmine ins Zimmer.)

Zwölfter Auftritt.

Erdmund, Wilhelmine, Waldenau, Julie, Philip.

Waldenau. Da ist der Herr Erdmund und Fräulein Wilhelmine.

Wilhelmine (umarmt Julien) Ich habe also das Vergnügen, heute Abend in ihrer Gesellschaft zu seyn?

Julie. Ich hatte mich schon anderwärts versprochen, als ich aber hörte, daß sie hier zu Nacht essen würden, ließ ich's dort absagen, weil mir's in ihrer Gesellschaft besser schmecken wird.

Philip. (bei Seite) Ja, ich besorge, es wird gar nichts zu schmecken geben.

Erdmund

Erdmund. Laſſen ſie uns inzwiſchen in das andere Zimmer gehen, und ein Spielchen machen. Wir haben noch Zeit bis zum Eſſen.

Philip (bei Seite) O ja! Zeit genug.

Wilhelmine. Ich bringe einen guten Appetit mit, Herr Waldenau.

Philip. (bei Seite) Deſto ſchlimmer für ſie!

Waldenau. (indem er Wilhelminen die Hand giebt) Sie werden nicht viel bekommen, und daran iſt Fräulein Julie ſchuld. (Gehn ab)

Dreizehnter Auftritt.

Philip. Wenig genug werden ſie bekommen. — Aber zum Teufel, was denkt nur mein Herr? Er geht fort, und ſagt mir kein Wort. — Nun was gehts mich an. Wenn er ſich nichts darum bekümmert — O mir gilts gleich. Mögen ſie ſehen, wo ſie was herbekommen.

Vierzehenter Auftritt.

Waldenau, Philip.

Waldenau. Philip!

Philip.

Philip. Herr Waldenau.

Waldenau. Sag' mir nur, was fangen wir an?

Philip. Daran hab' ich eben gedacht.

Waldenau. Hast du denn nicht mit dem Gastwirt gesprochen? Er wird doch zum Teufel noch für heut Abend etwas hergeben, und wenns auch nur kalte Küche wäre: Und dann müssen wir auch Wein haben, und etwas Gebakkenes.

Philip. Ja freilich, allerhand so Sachen müßten wir haben, wenn's nur die Leute hergeben wollten. Aber ich hab's schon versucht; es ist alles umsonst. Es wird nichts gereicht.

Waldenau. So wollte ich, daß ich die Leute nur los wäre. Der Donner! —

Philip. Ja, das Fluchen hilft hier nichts, dafür weichen die bösen Geister nicht. Wenn sie aber sonst nichts auf dem Herzen haben, als daß sie nur die Leute los seyn möchten, dazu will ich bald Rath schaffen.

Waldenau. Wie denn?

Philip. (nach einigem Nachsinnen) Wissen sie was; gehen sie nur hinein zu den Gästen, und lassen sie mich machen.

ein Luftspiel.

Waldenau. Mach's nur so, daß ich mit Ehren heraus komme. (Geht ab).

Fünfzehnter Auftritt.

Philip. Es wird doch noch ein Mittel in der Welt seyn, daß man die Schmarotzer aus dem Hause bringt. — (Er gehet nachsinnend auf und ab) Es kommt wenigstens auf einen Versuch an. (Geht ab)

Sechszehnter Auftritt.

Erdmund, Wilhelmine, Waldenau, Julie.

(kommen aus dem Spielzimmer)

und hernach

Dorchen und Philip

(durch die gewöhnliche Thür.)

Wilhelmine. Es ist nicht auszuhalten in dem Zimmer, so warm ist's. Wir wollen uns hier im Vorzimmer ein wenig abkühlen.

Erdmund. Es ist mir so heute nicht ums spielen; ich bin heute nicht glücklich.

Julie.

Julie. So gehts, wenn man gewohnt ist immer zu gewinnen.

Dorchen (kommt etwas ungestüm ins Zimmer zu Julien.) Wissen sie es schon, gnädiges Fräulein. Ach Gott! wie bin ich erschrocken. Arm und Bein zittern mir noch. Ich habe gedacht, ich müßte nur gleich herlaufen, denn sie würden wohl in Ohnmacht fallen.

Julie. Mädchen, du bist eine Närrin; was ist denn geschehen?

Dorchen. Sie wissen also nicht, daß ihr Herr Bruder —

Julie. (hastig) Mein Bruder?

Wilhelmine, Erdmund (zugleich) Ihr Herr Bruder?

Dorchen. Wer weiß, ob er noch lebt —

Julie. Du erschreckst mich; rede Mädchen, was ist ihm widerfahren?

Dorchen. Das verfluchte Duelliren; wenn doch nur die Herren gar keine Degen mehr trügen!

Julie. Gott! mein Bruder hat sich duellirt? Wo ist er, geschwind führ mich zu ihm, geschwind!

Wilhelmine. Ich begleite sie.

Walde-

Waldenau. Ich gehe auch mit. Das ist mir von Herzen leid, daß uns unsere Freude so verdorben wird.

Erdmund. (indem er in das Spielzimmer geht) Ich hole nur meinen Huth, und dann führe ich sie gleich zu ihm.

Julie. (ruft ihm nach) Bringen sie unsere Handschuh und Fächer mit. (Zu Dorchen) Sage mir nur, wo ist er denn? Wer hat dieses gesagt? Hast du ihn gesehen?

Philip. (kommt langsam und stillschweigend hinein.)

Dorchen. Nein, aber Philip hat mirs gesagt; D er soll erschrecklich zugerichtet seyn.

Erdmund (kommt mit dem Huth, und bringt dem Frauenzimmer die Handschuh und Fächer.)

Julie. Er hat ihn gesehen Philip? Wo ist er? führe er uns hin.

(Indem Philip antworten, und Herr Erdmund Julien zum Zimmer hinaus führen will, erblickt er durchs Fenster Juliens Bruder, der gerade auf das Haus zukommt.)

Erdmund. Da kommt er ja selbst. Sehen sie, da kommt er.

Julie (läuft ihm bis an die Thür entgegen.

———

Siebenzehnter Auftritt.

Die Vorigen und Liebhard, Juliens Bruder.

Julie. Bist du es Bruder? lebst du noch?

Liebhard. Wie so? Warum sollt ich gestorben seyn?

Julie. (Sie sucht, wo er verwundet sey.) Wo bist du denn verwundet?

Wilhelmine (sucht auch.) Nicht wahr, am Arm?

Julie. Wenn's nur nicht tödlich ist.

Liebhard. Sagt mir nur ihr Leute, was ihr wollt? Wer ist denn verwundet? Ihr seht ja wohl, daß ich frisch und gesund da vor euch stehe, und ich denke mir's heut Abend bei Herrn Waldenau recht gut schmekken zu lassen.

(Philip macht während dem ganzen Gespräch gegen den Waldenau Grimassen, die dieser mit Winken beantwortet.)

Waldenau. Haben sie denn gewußt, daß bei mir Gesellschaft ist?

Liebhard. Julie hat mir's sagen lassen.

Philip. (vor sich) Die hat den Teufel im Leibe!

Erdmund (zu Liebhard). Sie sind also nicht verwundet?

Julie. Du hast dich nicht duellirt?

Liebhard. Wer hat denn nur die Lüge erdacht?

Dorchen. (schleppt Philip beim Ermel herbei) Hast du mir's nicht gesagt?

Philip. Ja—was—ich hab's auch gehört.

Liebhard. Von wem denn?

Philip. Es hat mir's jemand auf der Strasse gesagt, der sie kennt, und der es von — ich weiß nicht mehr wem, gehört hatte.

Liebhard. Ist alles erlogen; und ich möchte nur wissen, wer so dummes Zeug auf die Bahn bringt. Vielleicht hat man auch jemand anders für mich angesehen. Nun meinetwegen. Herr Waldenau, ich hoffe, sie werden es nicht übel nehmen, daß ich so ungebeten daher komme. Ich habe aber gedacht, wo vier Personen essen, wird auch der Fünfte leicht etwas finden.

Waldenau. (verlegen) Sie machen mir da ein unerwartetes Vergnügen, Herr Liebhard. Sie wissen, daß sie mir jederzeit willkommen sind.

Julie. Ich dächte, wir giengen jetzt ein wenig in den Garten, damit Herr Waldenau

Plaz bekommt, und Anstalt machen lassen kan.

Erdmund. (der Julien den Arm giebt) Sie haben recht, wir wollen ihn ein wenig allein lassen, damit er seinem Philip die nöthigen Befehle ertheilen kan.

Liebhard (der Wilhelminen führt). Aber keine Umstände, Herr Waldenau, das bitte ich mir aus. Wenn meinetwegen ein Körnchen Salz mehr auf den Tisch getragen wird, so werde ich nie wieder das Herz haben, zu ihnen zu kommen. (Gehen ab)

Waldenau (ruft ihnen nach) Sorgen sie nicht.

Philip. Daß ihr draußen zu Salzsäulen würdet, wie Loths Weib, und nie wieder herein kämet!

Achtzehnter Auftritt.

Waldenau, Philip, und hernach ein Gastwirth, alsdann Liebhard und endlich Lisette.

Waldenau. Nach gerade ist es Zeit, daß die Comödie ein Ende nimmt; es mag nun ausfallen, wie es will.

Philip. Ich wüßte schon noch ein Mittel.

Wal-

Waldenau. Warum sagst du's denn nicht?

Philip. Es fällt einem eben nicht alles so auf einmal ein.

Waldenau. Nun was ists? nur geschwind!

Philip. Ich dürfte nur das Haus in Brand stecken, so liefen sie alle davon.

Waldenau. Das Mittel wäre nun wohl ein wenig zu heftig.

Philip. Ja weiter weiß ich nichts mehr. (es klopft jemand an die Thür.)

Waldenau. Siehe, wer ist da.

Philip (öfnet die Thür, und der Gastwirth tritt herein.)

Waldenau. Ha! er kommt gerade recht, mein lieber Mann; ich wollte ihn so eben rufen lassen.

Gastwirth (macht viel Bücklinge) Ah, gehorsamer Diener, Herr Waldenau; Sie haben sich doch endlich meiner erinnert.

Waldenau. O! ich gehe ihn nicht vorbei; ich bin nicht so veränderlich. Es ist wahr, ich bin ihm schon über die Zeit schuldig, aber ich werde es wieder einbringen.

Der Gastwirt. (mit Bücklingen) Freilich, freilich; aber wenn's denn nur endlich einmal kommt, so ist man schon wieder zufrieden. Ich hoffe, sie werden künftig, wenn sie etwas brauchen. —

Waldenau. Daran zweifle er nicht; und zum Beweis will ich ihm noch heute einen Auftrag geben. Ich habe einige gute Freunde bei mir, die ich gerne heut Abend bewirthen möchte. Sorge er also dafür, daß bis 9 Uhr ohngefehr 6 Schüsseln da sind; aber gut; er kennt meinen Geschmack —

Philip. So ein Paar Schneppenpasteten, Herr Wirt, er weiß wohl, wie wir sie gern essen.

Waldenau. Warum denn ein Paar? Es ist an einer genug.

Philip. Ich meyne nur, daß wir allenfalls eine im Vorrath hätten.

Gastwirt. Da wird es aber doch Zeit seyn, wenn alles um 9 Uhr fertig seyn soll, es ist schon spät.

Philip. Ja wohl; mach' er nur geschwinde; die Gäste sind schon da.

Der Gastwirt. So bald ich abgefertiget bin.

Wal-

Waldenau. Weiter braucht's nichts; mach' er es, wie er meynt; ich will ihm nicht vorschreiben. Was er zuerst bei der Hand hat. Nur daß es schmackhaft und wohl zugerichtet sey.

Der Gastwirt. Das wollen wir schon machen, Herr Waldenau; wollen sie nur so gütig seyn, und mich geschwinde abfertigen.

Waldenau. Was nennt er abfertigen? Ich hab' ihm ja meine Meynung gesagt.

Der Gastwirt. (stolz) Ja, damit ist's nicht ausgerichtet. Geld muß ich haben.

Waldenau. Heute doch wohl nicht? In vierzehn Tagen bezahle ich ihm alles auf einem Brett.

Der Gastwirt. Hören sie, Herr Waldenau, so haben sie mich schon oft abgespeiset; ich sage ihnen, ich muß Geld haben, und das heute noch, sonst verklage ich sie.

Waldenau. Er wird doch gescheut seyn. Ich hab' ihm schon so viel zu verdienen gegeben.

Gastwirt. Von dem Verdienst hab' ich noch nichts gesehen; aber das weiß ich wohl, daß ich ihnen seit zwei Jahren zu essen gegeben, und jetzt muß ich einmal bezahlt seyn, oder —

Liebhard. (bleibt in der Thür stehen) Auf ein Wort, Herr Waldenau.

Waldenau. Ich komme gleich. (Liebhard macht die Thüre zu, und geht hinaus) (zu dem Gastwirt) Ich schwöre ihm bei allem, was heilig ist, in vierzehn Tagen hat er sein Geld. Mein Vater —

Liebhard. (wie vorher) Werden sie bald kommen?

Waldenau. Gleich den Augenblick.

Liebhard Lassen sie den ehrlichen Mann da nur machen. Er wird schon für ein gutes Abendessen sorgen.

Philip. (zu dem Wirt) Nun, so geh' er denn doch, und mach' er Anstalt.

Liebhard. (indem er die Thür wieder aufmacht) Aber nur keine Umstände, Herr Wirt, zwei, drei Gerichte, und die gut, mehr brauchen wir nicht.

Waldenau. (zum Gastwirt) Nur noch heute; ich will's ihm doppelt bezahlen.

Gastwirt. Und wenn sie mir's zehnfach zahlen wollten, so geb' ich nichts mehr her. Sie sind ein schlechter Mann, der nur auf anderer Leute Unkosten gros thun will; aber sie sollen mich bezahlen, oder ich will nicht ehrlich seyn. (will abgehen)

Philip.

Philip. (der ihn bei dem Rock hält) Nun so hör' er doch nur; ich will ihm noch einen Vorschlag thun.

Der Gastwirt. Was Vorschlag? will er mir wieder die Haut voll lügen, wie er schon oft gethan hat? Bring' er mir Geld, da will ich ihn anhören. (Geht ab, und Philip, der ihn immer zurück halten will, geht mit hinaus.

Neunzehnter Auftritt.

Waldenau, ein Gerichtsdiener.

Waldenau. Jetzt geht der auch mit fort, und läßt mich allein. Es giebt kein gröberes Volk, als die Wirte, wenn man ihnen schuldig ist. Aber er soll mir's auch entgelten; seine ganze Tischgesellschaft will ich ihm abwendig machen. Er soll es bereuen, daß er mich heut so stecken läßt. Aber wo bleibt denn nur der Philip. (Er geht nach der Thüre zu, und ruft Philip; indem tritt ein Gerichtsdiener herein.)

Gerichtsdiener. Sind sie der Herr Waldenau?

Waldenau. Was gehts ihm an, wer ich bin. (er ruft) Philip!

Gerichtsdiener Es geht mich in so fern weiter nichts an, mein Herr, auſſer daß ich

ihnen hier ein Urtheil zu bringen habe, vermöge dessen sie dem Kaufmann, der ihnen bisher geborgt, innerhalb vier und zwanzig Stunden bezahlen, oder gewärtig seyn sollen, daß Execution gegen sie erkannt werde.
(überreicht ihm ein Decret.)

Waldenau. Schon gut, schon gut; es soll bezahlt werden. (steckt das Decret in den Sack)

Gerichtsdiener. Einen Gulden und zwei und vierzig Kreuzer werden sie belieben.

Waldenau. Er kan's morgen mit einander bekommen.

Gerichtsdiener. Sie erlauben, das gehört nicht in eine Casse, und es ist so gebräuchlich.

Waldenau. (sucht in den Taschen herum) Mein Bedienter ist nicht hier, und ich pflege kein Geld bei mir zu führen. Komm er nur morgen her.

Der Gerichtsdiener. (im Abgehen) Da sieht's auch windig aus.

Waldenau. Hat denn der Teufel heut alles auf einen Tag hergebannt!

Zwanzigster Auftritt.
Waldenau, Lisette.

Lisette. Wo ist Fräulein Wilhelmine, Herr Waldenau, ich muß sie sprechen.

Wal-

Waldenau. Sie ist mit der übrigen Gesellschaft im Garten. Was hat sie denn so eiliges.

Lisette. (im Abgehen) Das kann ich ihnen nicht sagen.

Waldenau. (ruft ihr nach) Höre sie doch! — Was bringt die denn wieder für Nachricht. Es werden doch nicht noch mehr Gäste kommen wollen. (bei diesen Worten kommt die ganze Gesellschaft eilends aus dem Garten.)

Ein und zwanzigster Auftritt.
Alle, ausser Philip.

Wilhelmine. Geschwind, Herr Erbmund, lassen sie uns gehen. (zu Waldenau) Es thut mir leid, Herr Waldenau, daß ich sie verlassen muß; ich behalte mirs auf ein andermal vor. —

Waldenau. Was wollen sie machen, Wilhelmine, sie werden doch nicht —

Julie. Ein wenig mehr Vorsicht, Herr Waldenau, wenn sie in Zukunft ihre Freunde bei sich haben wollen.

Waldenau. Aber ich bitte sie. —

Erdmund. Du hättest mir das wohl vorher sagen können, Herr Bruder; Du solltest doch wissen, daß man mit Frauenzimmern in solchen Fällen behutsam seyn muß.

Liebhard. Wissen sie was, Herr Walde‑
nau; lassen sie das Essen abbestellen, wir ge‑
hen mit einander in meinen Garten, und
nehmen mit kalter Küche vorlieb.

Waldenau. Aber sagen sie mir nur —

Julie. Nun wenn sie mit wollen, so kom‑
men sie; wir können uns nicht länger auf‑
halten.

Waldenau. Ich folge ihnen, und wenn's
auch nur darum wäre, die Auflösung des Räth‑
sels zu hören. Ich will nur meinen Bedien‑
ten abwarten, und dann gleich nachkommen.

Wilhelmine. Nun ja, kommen sie nach.
(Sie machen alle dem Herrn Waldenau ein kurzes
Compliment, und gehen ab.)

Zwei und zwanzigster Auftritt.
Waldenau, Philip.

Waldenau. Was Teufels ist nur das? Da
bin ich sie ja auf einmal los, und weiß nicht
wie. (er geht einigemal auf und ab) Hm! das
ist mir denn doch in allem Ernst ein Räthsel.

Philip. (kommt lustig herein gesprungen.)
Sind sind fort?

Waldenau. Ja.

Philip. Alle?

Waldenau. Ja alle!

Philip.

Philip. Nun geschwinde auch zum Hause hinaus, sonst möchte sie der Teufel wieder verführen.

Waldenau. Sorge nicht; sie sind alle nach Liebhards Garten gegangen, und ich habe versprochen auch dahin zu kommen.

Philip. Desto besser; da werde ich mir etwas zu thun machen, und bei der Manier bekomme ich vielleicht auch noch so viel, daß ich nicht hungrig zu Bette gehen darf. (lachend) Das war denn doch ein verfluchter Pfiff; der hat Wirkung gethan.

Waldenau. Aber sage mir nur, wie hast du's gemacht?

Philip. Ich weiß selbst nicht, wie ich zu dem Einfall gekommen bin, aber ich will's ihnen kurz erzehlen. Heute Abend machte ich Juliens Kammerjungfer weiß, ich wollte ihr eine Schneppenpastete und eine Bouteille Malaga bringen, und hernach erfuhr ich, daß sie Jungfer Lisette darauf zu Gaste gebeten. Holla dacht ich, da hast du einen Vorwand zu einer Lüge. Ich lief also geschwind zu Lisetten, und sagte, ich hoffte, sie würde ihr Wort halten, denn ich dächte mich, wenn sie einmal am Desert wären, auch auf ein Stündchen wegzuschleichen, und zu ihr zu kommen. Bei der Gelegenheit brachte ich das Gespräch auf unser neues

Quartier, und sagte, es wäre mir lieb, daß Fräulein Wilhelmine nicht wüßte, was ich weiß; sonst würde sie keinen Bissen bei uns essen, und nicht einmal bei uns bleiben mögen. Warum das? fragte Lisette. — Ihr Fräulein hat ja die Blattern noch nicht gehabt?— Nein, antwortete sie. — Nun das wäre schön, wann die sich heut Abend die Blattern holte. Wie so? rief Lisette. Ei, sagte ich, in unserm Hause sind die Blattern, und noch dazu die bösartigsten, die je ein Mädchensgesicht verhunzt haben. Lisette machte ein Paar große Augen, und sprang wie der Blitz auf und davon. Vermuthlich hat sie's ihrem Fräulein gesagt, und dadurch sind wir sie los geworden.

Waldenau Du bist doch ein verfluchter Kerl. Nun wart, wenn ich mein Geld bekomme, schenke ich dir für den Streich eine Louis d'Or. Jetzt will ich auch zum Liebhard gehen (geht ab.)

Philip. Es ist ein Wort! — Sauer ist mir's genug worden, bis ich die Louis d'Or verdient — Ja so, ich hab sie noch nicht. — Nun meinetwegen, der Einfall war einmal gut!